호계로 인연

일상에 시의 향기를 더하다

호계로 인연

일기시집내기 시민작가 편저

한겨울 만물의 고요 속에서도 생명의 탄생을 위한 몸부림은 멈추지 않았습니다. 그 기다림의 인내는 거친 대지를 힘차게 뚫고 움트는 새싹이 봉우리를 터트리 듯 힘찬 기운으로 봄의 향연을 펼칩니다.

인사에 앞서 '일기시집내기 시 창작 교실'에 열과 성의를 다해 함께 해주신 시민작가님들께 진심어린 감사의 인사를 드립니다.

"누구나 시인이 될 수 있다."

지역의 문화격차, 코로나로 인해 변해버린 일상 속 시민들의 우울감 등을 예술가의 시선으로 해소하고 줄여나가고자 했습니다. 그래서 일기 시詩라는 새로운 장르로 시민들이 어렵지 않고 친근하게 문학을 시작 할 수 있도록 '누구나 시인이 될 수 있다' 는 슬로건으로 시민들을 만났습니다.

"무無에서 유有를 만들어가는 창작의 묘미"

첫 수업 시간에 "시는 읽기만 했고 써본 적이 없다." "시를 내가 쓴다니 두렵다." "끝까지 해낼지 자신 없다." 라며 걱정하던 시민들이 매주 2번 제시되는 시제에 맞추어 한번도 빠짐없이 과제를 제출 하고, 수업시간에 열정가득 의견을 나누고, 칼바람 속의 문학기행에서도 한 편의 시를 창작해내면서 스스로 문학의 맛을 알아가면서 즐기고 계셨습니다.

"호계로 인연으로 시인이 되고 시집을 내다."

시를 지으며 마음을 나누는 문우들이 기다리던 곳! 금동건 베스트하우스의 주소가 '호계로 373'입니다. 소중한 인연으로 시를 짓는 시인이 되고 '호계로 인연' 시집을 출간하게 되었습니다. 시인이 되신 것을 축하드리며 한분도 빠짐없이 일기시집내기 과정을 열정으로 함께 해주셔서 진심으로 감사드립니다.

앞으로 시인님들이 나아가는 걸음마다 문운이 가득하시길 바랍니다.

2022년 내 인생에서 유난히 빛나는 4월의 어느 봄날
일기시집내기 책임강사 금 동 건

예술가와 시민을 잇다

김해문화재단 공공기획사업「시민플러스」

예술가와 시민이 함께 문화를 즐기면서 문화격차해소란 지역문제를 문학으로 풀어 보기로 했다. 코로나의 여파로 경제적 어려움. 격리에 따른 외로움뿐만 아니라 문학이 막연히 어렵다는 생각을 가진 시민들에게 문학이 주는 치유의 힘을 느낄 수 있도록 하고 싶었다.

일기를 꾸준히 쓰다 시인이 된 금동건 시인이야 말로 기막히게 제격이었다. 시를 읽으면 상처도 꽃이 된다는 말이 있다. 시를 쓰고, 읽고, 시를 가까이 하면 시민들의 경색된 감정이 부드러워 질 거라 믿었다. 친근한 접근으로 일단 시민들이 시작을 해 보는 게 중요했다. 일기를 쓰듯 시를 쓴다니 기획자인 나도 궁금해 졌다.

언젠가 시를 쓰며 노후를 보내고 싶었다던 시민은 현수막에 적힌 '누구나 시인이 될 수 있다' 는 글귀를 보고 가슴이 설렜다며 프로그램을 신청 했다. 7명의 시민들이 모여 일기시집내기 시 창작 교실이 꾸려졌다. 일주일 2번의 만남. 회가 거듭될수록 시민들은 점점 시인이 되어 가고 있었다. 어쩌면 원래부터 시인이었을지도 모를 일이다. 가슴속에 있던 시를 끄집어 낸 것뿐일지도. 스물세번의 수업이 끝나고 정성과 열정이 묻어난 보석 같은 작품들이 탄생했고 그 작품들을 담아 ' 호계로 인연' 이란 시집을 출간하게 되었다.

　손미란 시인님, 이현주 시인님, 정덕자 시인님, 이사영 시인님, 이재영 시인님, 배영일 시인님, 김은주 시인님 모두 문운이 깃드시길 바라며 그 동안 정말 수고 많으셨습니다. 감사합니다.

일기시집내기 기획자 여 채 원

차례

배영일

손미란

여채원

이사영

이재영

이현주

정덕자

금동건

- 월간 시사문단 시부문 등단
- 국제펜클럽 회원
- 한국문인협회 회원
- 경남문인협회 회원
- 김해문인협회 회원
- 계간 신정문학 시조부문 , 수필 부문 등단
- tvN 유퀴즈 온더 블록 제86회 출연
- KBS 부산 생생투데이 사람과 세상 출연
- KBS 부산 대담한 사람들 출연
- 2021년 시민작가 선정
- 김해시 초등학교 및 공공도서관 지역작가 초대 강연
- 김해문화재단 시민플러스 일기시집내기 시 창작 강사
- 금동문학회 회장

시 쓰기 공부방

어느 선생님이 제일 먼저 오실까
한 시간 전에 도착하여
방 청소하고 히터 돌리고
선생님들 추우면 어떻게 하나
간식은 마음에 드실까?
주어진 시제에 나날이 환골탈태
좋은 글이 가득한 베스트 하우스
내 일생 한 번 있을 만한 굉장한 꿈
시 쓰기 공부방에는 무거운 짐보다
시가 냇물처럼 넘치는
금동건 베스트 하우스

2022년 1월 6일

엄마는 봄이다

넷째야
집에 왔다 가거라
와 엄마 먼 일 있나
아이다 먼일은
나새이* 캐 났다이가
가지고 가라
된장 넣고 끼리 무라
오이야
알았다 엄마
엄마의 봄은 더 이상 오지 않는다
그냥 하늘만 쳐다본다

2022년 3월 10일

＊나새이 : '냉이'의 방언

봄비

새벽녘 창문을 두드리는 소리
갑작스럽게 일어나
그곳을 쳐다보니
수정보다 더 영롱한
물방울이 볼기짝에 앉는다
이렇게 반가운 일이 있던가
겨울 내 오염과 코로나19로
참 힘들었는데
참방참방 쌓이는 빗줄기
봄을 기다리는 사내의 마음
잠옷 걸친 체
확 너를 사랑하고 말았다

2022년 3월 1일

김은주

일기가 시가 된다?

일기 외엔 글이라고 써본 적이 없는데 가능할까?

호기심 반 두려움 반으로 시작되어 시집발간까지 하게 된다
니 뿌듯하기도 하고 쑥스럽기도 합니다. 주제를 받고 꾸역꾸
역 숙제를 하다 보면 한 편의 시가 완성되는 보람된 시간이었
습니다. 새로운 시각을 갖도록 이끌어주신 금동건 시인님께
깊은 감사를 드립니다.

• 미래에셋 금융서비스 FC
• 금동문학회 회원

1981년 여름

아침 해가 떠오르면
여느때와 다름없이
외양간으로 간다
밤새 잘 잤니
소들에게 인사하고
외양간 문을 활짝 열어준다
어미소를 몰고 가면
12마리가 줄줄이 따라온다
10살밖에 안된 나는
기세등등 대장이 된다.
아침이슬 영롱하게 맺힌 풀을
우적우적 맛있게도 먹는다
볼록 나온 배를 보면
내가 다 흐뭇하다
어느듯 내 배꼽시계도
꼬르륵 꼬르륵
울 엄마의 사랑으로
모락모락 김이나는 가마솥 밥에
구수한 된장찌개 먹으러 갈꺼야
이랴 이랴 어서 가자

2021년 12월 27일

1981년 겨울

배꾸마당* 앞 차곡차곡 쌓여있는 볏단은
동네 아이들의 놀이터
추운 겨울 바람막이가 되어 주던 곳

자치기하다 추우면 그곳으로 가서
옹기종기 모여 몸을 녹이고

친구들이 안 나오는 날엔
혼자만의 아지트가 되던 곳

해가 지도록 오지 않는
동생 찾아가 보았던 볏단사이
엄마품인 듯 곤히 잠들어 있는
동생을 보니 반가움 반 안쓰러움 반

추억의 볏단 더미
정겹던 그 시절이 눈앞에 선하다.

2021년 12월 27일

*배꾸마당 : '바깥마당'의 경남 방언

엄마

일어났나

차 서방은 출근했고

현이는 뭐하노

이른아침마다
울리던 전화 벨소리
그 너머의 엄마 목소리

외손자 보고 싶어
매일매일 전화하시더니

아침이면 전화 벨소리 울리겠지
울 엄마 목소리가 들리겠지
무심한 전화기만 뚫어져라 바라본다

일어났나

울리지 않는 전화기 부여안고
꺼이꺼이 울며 불러보던

엄마
엄마
엄마
그곳은 편안하신가요

2021년 12월 27일

엄마 눈빛

장날이 되면
내 눈길은 엄마에게 간다

500원짜리 짜장면도 먹고싶고
뜨끈한 소고기국밥도 먹고 싶었다
알록달록 예쁜 옷도
반짝반짝 구두도 구경하고 싶어서
애써 외면하려던 엄마를
애처롭게 바라본다

마지못해 데려가는 날엔
세상 다 얻은 듯
발걸음이 가볍다

그 날만큼은 울 엄마가
여느 때보다 따뜻했다
그리고 예뻤다.

2021년 12월 27일

호계로 인연

인연에서 인연으로
뭔가에 이끌리듯이
도심의 한 모퉁이
보라색 컨테이너에
닿았습니다

삶은 자신이 생각하고
바라는 대로 이루어진다더니
내 앞에 펼쳐지는 호계로 인연 또한
그러합니다

예쁘게 색을 입힌 컨테이너와
강아지, 가꿀 수 있는 정원
그리고 시詩를 쓴다는 것

또 어떻게 이어질지
상상하여 그려 봅니다.

2022년 1월 13일

오늘이란 날

집 앞 새로 생긴 파스타집
초딩아들과 여유있는 데이트

난 봉골레파스타에 와인 한 잔
아들은 빼쉐파스타와 아이스티
입안 가득 행복이 스며든다

창가에 비치는 따뜻한 햇살만큼
환한 미소를 보이는 아들과
달콤한 아이스크림을 먹으며
자연스레 각자의 시간을 보낸다

오늘이 참 좋다

2022년 1월 17일

김해가 좋아요 1

눈을 감아본다
아련하게 펼쳐지는 24여 년의 그림
그 겨울 허허벌판 낯설었던 곳에서
시작된 인생 2막

보금자리를 틀고
아이가 태어나고
연지공원이 만들어지고
대형마트와 백화점이 하나둘 들어오고
낡고 허름했던 시골 마을이
아파트와 빌딩으로 채워진다

아이들의 고향이 되었고
인생의 반 세월을 보낸 김해
나와 함께 성장해 가는 곳

사람들과의 이야기는 계속 쓰여지고
추억은 점점 쌓여간다

어느새 난 김해사람이 다 되었다   2022년 1월 24일

김해가 좋아요 2

도요리, 마사리, 여차리
예쁜 이름의 마을들
요즘 들어 내가 자주 찾아가게 되는 곳

해 질 녘 노을빛이 강물에 내려 앉고
그 강가로 지나는 기다란 기차의 여운
꾸며지지 않은 풀숲 사이로
고라니가 뛰어다니고
잎이 다 떨어지고도
도도한 자태를 뽐내는 겨울나무를 보면
화가가 되어 한 폭의 수채화를 그리고 싶다

일상의 번뇌로부터 머리를 식히고 싶을 때
아프리카의 초원 같은 이 강가를 거닐면
마음이 깃털처럼 가벼워진다

커피 한잔 들고 걸으며 분위기도 내어보고
벤치에 앉아 멍때려 보기도 하고
흥얼흥얼 노래도 불러본다

마음이 평온해지면 이 세상을 다 가진 듯
여유로워지고 행복해진다

마음을 쉬게 해 주는
김해의 예쁜 마을 강가가 참 좋다

2022년 1월 24일

연지공원 1

볼품없는 시골의 연못에서
새 옷 입는 너를 보았네

연약했던 그 나무들이
20여 년의 세월 속에
언제 그랬냐는 듯 큰 나무로 자라
도심 속 사람들의 한숨을 받아주고
그것도 모자라 따스히 품어주고 있구나

앞마당처럼 드나들던 이곳엔
20대 끝자락의 내 모습도 있고
아장아장 걸음마 하던
내 아이의 모습도 눈에 선하다.

2022년 2월 8일

연지공원 2

봄 햇살 반짝이는 호수 위에
바람 품은 물결이 일렁인다
바삐 움직이는 물 오리 떼를 멍하니 바라보고 있노라니
어디선가 봄을 재촉하는 소리가 요란하다
따순바람 불어오면 톡 톡 꽃망울 터트려
사람들이 찾아오길 기다린다
움츠린 어깨 펴고 잠시 쉬어가라고

2022년 2월 8일

위양지 1

메마른 겨울에 처음 만난 너
어쩌면 좋으냐
이 설렘을

봄의 언저리에
나 다시 가리다
연둣빛 너를 꼭 보고 싶구나.

2022년 2월 14일

위양지 완재정

호수 속 작은 섬
완재정 마루에 걸터앉아
시 한수 읊고 싶다
바람결 갈대의 춤사위가 어우러져
시는 노래 되어 춤을 추겠지

2022년 2월 14일

위양지 2

금동건 작가와 함께하는
일기시집 내기 문학기행
밀양의 명소 위양지
입춘이 지났건만
바람은 아는지 모르는지
겨우내 넣어두었던 장갑 끼고
몸을 움츠린 채 호수 가까이 다가서니
햇살이 비치는
호수 위엔 이미 봄이 와 있었다
눈부시게 반짝이는 너를 보는 순간
두 손이 얼 것만 같아도
아랑곳하지 않고
너를 담기에 바빴지
깔깔거리며 포즈 잡느라 신이 난
우리 새내기 작가님들
때 묻지 않은 위양지처럼
순수한 자연의 모습을 닮았다.

2022년 2월 14일

게으름

해 뜨기 전 새벽 고요한 시간
잠자는 아이의 숨소리만 새근새근
이 고요함을 깨뜨리기 싫어
내 숨 소리조차 조심조심
평온한 이 시간이 더 길었으면
아침이 좀 더 천천히 왔으면
알람이 울릴세라 얼른 끄고
이 고요를 즐긴다.

2022년 1월 17일

바램

햇살 들어오는 창가 침대에서
느지막이 눈 비비고 일어나
따뜻하게 내린 커피 한 잔으로
하루를 시작하고 싶다

호텔 조식처럼 차려주는 아침 먹고
좋은 음악 흘러나오는
바다가 보이는 창가에 앉아
나의 생각을 시로 표현하고
아름다운 풍경 그림으로 그리고
내 가슴속 울림을 노래하며 살고 싶다

2022년 1월 17일

배영일

사람의 마음을 전달할 수 있는 감동적인 방법 중 하나가 "글"
이라는 것을 배울 수 있었던 시간이었습니다.

• 일센트 디퓨저샵 운영
• 금동문학회 회원

엄마의 손

핸드백보다 더 많이 들고 다니던 철가방
바람 가르며 잘 타고 다니던 오토바이
원피스보다 잘 어울려 매일 입던 츄리닝

아침부터 저녁까지 일하는 내내
직원 한 명 없이 장사하는 모습이 싫었다
엄마 손은 쉬지 않고 움직이고 있었기 때문이다

무거운 철가방에 짜장면 싣고
오토바이 몰던 엄마 손은 늘 검고
쌓인 설거지 하고 홀을 닦던 엄마 손은 쭈글했다

졸업식 사진에는 장사하는 엄마 대신
이모가 항상 그 자리에 서 있었다
나는 엄마 손이 늘 그리웠다

2021년 12월 27일

너답게 자라다오

네가 세상에 태어나던 날
만감이 교차하며 나도 울음을 터트렸지
보고 있어도 눈앞에 있어도
자꾸만 보고 싶다는 말을 이해할까

"엄마"라고 말하자 온몸이 간질대 설레었다
혼자 첫발을 떼던 널 보는 순간 박수가 터졌지
한글을 적고 읽던 네가 신기하기도 하고
학부모가 되니 여느 엄마들처럼 기대하게 되더라구

열이 펄펄 나고 토하며 축 처진 너를 업은 채
새벽빛을 뚫고 병원으로 내 달렸지
너의 손을 잡고 숨소리 하나에도 귀 기울이며
체온계를 손에서 놓지 못했지
아파하는 너를 보니 욕심부렸던 마음이 미안해졌단다
아이는 아이답게 해맑게 건강하게
잘 자라 주는 것이 최고라는 것을
이제는 알았단다
장난꾸러기라도 좋다
너답게 자라다오

2021년 1월 1일

늘 그랬듯이

해 뜨기 전 어둠이 조금씩 걷어지는
그 시간이 제일 설레인다
신호탄처럼 울리는 알람으로 하루 일과를 시작한다

차가운 매장을 온기로 채우고
손에서 놓지 못하는 일거리로 몰두하다 보면
배꼽시계가 귀신처럼 울린다

재충전된 몸으로 자연스레 남은 일과를 처리하며
퇴근 시간 향해 달리다 보면
커피 한잔 필요한 휴식 타임도 몸에서 신호보낸다

해가 지기 시작할 때 즈음
저 산 너머 노을을 감상하자니
오늘도 잘 보냈구나 하며 스스로에게 속삭인다

매일이 똑같은 일상이지만 큰 변화가 없어도
평범한 하루가 소중하고 감사하다
늘 그랬듯이

2021년 1월 5일

사랑이 이런 건가요

옷장에는 넘칠 듯 옷가지들이
질서도 없이 겹겹이 쌓여있다

신발장에도 계절별로 디자인 별로
빈틈없이 비집고 쌓여있다

입지도 신지도 않았던 게 오래지만
아직도 너를 버리지 못한 채 더 깊숙이 넣어둔다

2022년 1월 10일

호계로 인연 2

여기가 좋다
함께 있어서 좋다
삶을 공유하고 감정을 나누는 여기가 좋다
꾸미지 않아도 좋다
갈 곳이 생겨서 좋다
여기는 호계로 373번길 금동건베스트하우스다

2022년 1월 12일

호계로 인연 1

굴다리 밑을 찾아가는 길
컨테이너를 찾아가는 길
인적 드문 곳을 찾아가는 길
불빛이 없는 길을 찾아가는 길
일기가 시가 되는 그곳,
금동건베스트하우스

2022년 1월 12일

오늘이란 날

눈이 부신 어느 날
뜻하지 않은 손님이 찾아왔다
학교 수업 출강을 의뢰한다
학생들과 함께라는 설레임과
그동안 쌓아온 나의 실력들을
오늘이란 날
마음껏 쏟아붓는다

2022년 1월 17일

위양지

논길 따라
굽어가다 보니
시원스럽게 둘러진 위양못

부북면 간판을 보니
여기까지 왔구나
외할머니집 가는 길목에서 너를 만났다

세월만큼 휘어진 나뭇가지
단단하게 다져진 흙길
외갓집 가는 길 외할머니 그리운 날
나는 너를 스쳐 지나간다

2022년 2월 14일

난 괜찮아

마음은 복잡해
아무 소리도 들리지 않는다

해야 할 일은 많으나
막상 손에 잡히는 것이 아무것도 없다

몸이 힘들어
짜증이 솟구쳐 오르는 것 같다

이때 나를 보고 괜찮냐며 물으니
난 괜찮아 라고 마음에 없는 말을 한다

2022년 1월 19일

김해가 좋아요

공설운동장 주황빛 가로등 아래
우리는 대학 생활을 그려보았다

김해도서관 벤치에 앉아
흔한 공부 이야기를 논하고 있었다

왕릉공원 돌담길을 걸으며
평범한 일상을 얘기하던 우리는 고등학생이었다

곳곳에 여고시절 추억들이 묻어있는 이곳
김해가 참 좋다

2022년 1월 24일

구지봉

푸른 잎 사이로
눈부신 햇살이 비치니
잔잔히 불어오는 바람에
뭉쳐있던 흙들이 흩어진다

멀지 않고 오르기 힘들지 않으니
가까이에서 누구나 지나갈 수 있도록
우리 옆에 있는 낮은 동산
구지봉이 마치 나를 감싸 안은 듯하다

2022년 2월 9일

새벽시장

엄마와 아빠랑 새벽시장을 함께 둘러본다
장을 본다는 건 핑계이고
비닐 천막으로 덮인 수제비집 가기 위해서다

옆 사람 뒷사람 틈도 없이 좁은 테이블 사이로
맞닿은 어깨에 수저를 들고 깍두기 한 접시에 눈을 모아
사장님의 손만 보고 있다

갑작스레 내린 빗소리가 천막을 두들기고
김이 모락모락 나는 수제비를 받아들고
한입 두 입 먹어본다
몸은 춥지만 입속은 따뜻하다

새벽시장을 지나는 길
엄마 아빠와 함께 먹었던 그 천막 수제비집이 있다
없어지지 않고 그 자리에 계속 있었으면 좋겠다

2022년 1월 26일

연지공원

시원한 밤바람이
손에 든 커피 향을 퍼트린다

걸어가는 걸음마다 쏟아지는 가로등 빛
한걸음마다 수놓은 계절 꽃들

도심 속 고요하고 깨끗한
내가 잠시 생각하고플 때 쉬어가는 곳

낮만큼이나
밤이 매력적인 힐링 공간이다

2022년 2월 7일

프러포즈

교복을 입고 처음 만나
대학 문턱에서 헤어진 우리는
다시 그 길에서 만났지

웨딩드레스를 입은 나
턱시도를 걸친 너
평생을 함께하기로 약속했었지

아이들이 훌쩍 커 우리 품을 떠나면
처음 만난 그날처럼
다시 둘만 남은 노년이 오겠지

세월 가는 대로 바람 부는 대로
맞잡은 손 놓지 말고 걸어가자고
너에게 지금 뒤늦은 프러포즈를 해

2022년 2월 21일

하나뿐인 내 몸

10대 같은 내 마음
20대 같은 몸이라 착각하며
얼떨결에 검진받으러 간 그날
맑고 상쾌한 날 공원 산책 중
천둥번개가 내 머리를 내리쳤다

조직검사를 몇 차례하고
대학병원을 오가면서도
정신을 붙들고 환자이면서 보호자처럼
굳건히 나를 지켰다

내 몸은 나의 것
누구를 원망할 수 없다
되돌리고 싶어도 돌아갈 수 없는 몸
앞으로 더 이상 나빠지지 않도록

같은 마음 나누는 이들과
에너지를 나누며
매일을 즐겁고 보람되게 보내자

2022년 1월 1일

손미란

일기 시 쓰기를 하며 정말 오랜만에 볼펜을 잡고 종이에 생각을 옮겨 봤습니다. 금새 쓰고 감쪽같이 수정 할 수 있는 컴퓨터가 아닌 그 흔적이 고스란히 남겨지는 종이에 말이죠.

사이사이 고치고 뭉개가며 흔적을 남겼지만 마음에 드는 문장 한줄을 남겼듯이 앞으로의 제 일기도 그렇게 써 내려가 보겠습니다. 따스한 시간 담아 내 준 베스트 하우스가 참 고맙습니다.

금동건 강사님, 여채원 기획자님, 함께 공부한 문우님들 모두 수고 많으셨습니다.

• 플라워샵(꽃그랑) 운영 중
• 금동문학회 회원

아빠와 나리꽃

여름 풀숲에 핀 샛노란 나리꽃
그 꽃이 애달팠다
지금 꺾어다 주지 않으면
무성한 초록들이
잡아먹을 것만 같았다
어린 딸의 성화에
장화를 신고 들어가 따 온 그 꽃을
아빠는 내 손에 쥐여 주었다

컵에 담아 둔 꽃
초록 속에 있을 때보다
예뻐 보이지도 귀해 보이지도 않았다
혼자서는 돋보일 수 없다는 걸
알기엔 어렸다

지금은
초록 소재와 꽃이
가장 돋보일 수 있는 자리를 찾는다
어느 것 하나 소중하지 않은 것이 없음을
깨닫는 중이다

2022년 2월 16일

위양지

빠르게 스치는 나무들 틈새
비집고 들어 온 햇살이
얼굴을 어지럽힌다
차 안 가득 훈훈한 공기로 채워질 즈음
연못을 두른 아름드리나무들에
홀린 듯 내려섰다

발끝에 닿는 마른 흙 소리마저 들리는
고요한 곳을 거닐었다
햇살 담뿍 머금은 여린 순 연둣빛으로 반짝이고
구름 지나는 하늘은 못 바닥까지 내려와 앉았다

빛 내린 나무 아래 자리 잡은
보라색 꽃 한 송이
"그게 그렇게 예뻐?"
날 보며 네가 물었다

올려다본 네 얼굴엔
바람에 나리던 잎새가
아른거리고 있었다

2022년 2월 12일

구지봉

우거진 숲 사이
완만한 길을 따라 오르면
나지막한 꼭대기 위
금빛 여섯 알 품은 봉우리가 있다

지금 선 이 길을
수천 년 전 두건을 두른 이 들이
하늘의 구령에 맞춰 올랐을 상상을 해 본다

기억에선 잊혀져 버린,
거북목을 두고 실랑이하던 곳이
여기 어디쯤일까

천년을 전한 가락이 있어
되살아난 드라마틱한
가야 왕조의 아침

이 얼마나
가슴 벅차고 다행한 일이며
흥 넘치는 사건이었는가

2022년 2월 17일

연지공원

봄이면
자전거에 바람을 실어
연지공원엘 간다

손길 닿지 않은 한구석
잡초들 무성한 냉이초 앞에
손을 모은다

행여 오는 동안 시들까
노심초사
새하얀 티슈 위에 곱게 눕힌다

그렇게 달이 두 번 뜨고 지면
덮어 두었던 갈피 속에서
떠나려는 계절을 꺼내어 본다

2022년 2월 8일

오일장

2일, 7일
학교 가는 버스 안은
늘 만원이었다

학생들 서 있을 자리 없다는
기사 아저씨 호통에
짐부터 창문으로 밀어 넣고
자리 잡으시는 억척스러운 할머니들의
눈치작전엔 그 누구도
이겨낼 재간이 없다

사람보다 짐이 더 많은 버스 안
오늘 당신은 두릅, 누구는 깻잎 파리
옆 동네 할마이는 깐 도라지
이미 찻간 시장이 열렸다

필요 없다는 기사 아저씨의 손사래에도
끝내 팔 물건들
한 봉다리씩 담아서 밀어 넣고
내리시던 할머니들

이제는 번호가 바뀌었지만
봉림 가는 9번 버스를 탈 때면
새벽부터 사람들로 넘쳐나던
그 시절 장날 새벽 첫차 안의
산나물 냄새가 떠오르곤 한다

2022년 1월 27일

김해가 좋아요

엄마와 처음 갔던
동상동 시장 국수 골목

함께 사진 찍었던
왕릉 모퉁이 어딘가

서점 앞
두 시간에 한 대 있던
집 들어가는 차 시간 맞추려
함께 뛰어 준 친구들

구석구석
추억들이 묻어 있어서일까

네 시간을 달린 버스가
김해에 들어서면
왠지 모를
편안함이 있었다

2022년 1월 24일

난 괜찮아 2

그냥 아무렇지 않게
밥 먹고 물 마시듯
해내고 싶지만
하루에도 수차례
나지막이 확인하는 말
"난 괜찮아"

2022년 1월 18일

호계로 인연 1

화, 목
우리만의 마감을 정했다
주어진 시간 동안
미처 갈무리하지 못한 마음을
한 움큼 쥐어 들고
호계로 373번 길로 향한다

보랏빛 공간 속
잡아 쥔
생의 한켠, 뒤섞인 감정들이
손 틈 사이로 흐르지 않게
그 시간 속 당신을
정성 들여 바라본다

나의 時를
엄마처럼 언니처럼 친구처럼
봐 줄 사람들이 있는 곳
오늘도 나는
정리되지 못한 여러 마음을 품고
베스트 하우스 문을 연다

2022년 1월 11일

호계로 인연 2

마주한 당신이
지나온 시간들을
내게 얘기 해 준다

묻어 둔 지난 사랑의 아픔을
잊을 수 없었던 어린 시절의 순간을
열심히 달려 온 삶의 흔적들을

주머니 속 깊은 곳에 밀어두었던
아프고 기쁘고 벅찼던
수많은 이야기를 꺼내 놓는다

호계로 초입
머리 위를 지나는 숱한 자동차들 아래
사는 이야기 나눌 벗들이 생겼다

2022년 1월 11일

사랑이 이런 건가요

잠시 그냥 서 있으면
맞춰질 걸 알면서
가시 돋친 채
빵빵하게 차오른 풍선 속
위태롭게 굴러다니는
서툰 내 마음

2022년 1월 7일

네가 아파서…

발가락을 찧었다
아파서 눈물이 찔끔 났다가
불쑥
영문 모를 화가 올라와

엉엉

소리가
울대를 비집고
터져 나와 버렸다

그렇게 한참 동안
이젠 아프지도 않은 발끝을 부여잡고
앉아있었다

2021년 12월 29일

다정한 도시락

소심하고 조용했던 나는
"친구야 같이 놀자"가
세상 제일 힘들었었다

어느 봄날
선생님께서 싸 오신
설탕에 절여 반짝이던 찬합 속 딸기

쪼르르 몰려들던
아이들 틈에 끼지 못하고
우물쭈물하던 내게

"미란아 가져가서 같이 나눠 먹어라"
받아 든 찬합 앞으로
친구들이 우르르 모여들었다

코끝이 울컥 따가워져
아무 말도 못 한 사이
딸기는 모두 사라졌지만
학교생활이 두려워

닫힌 가슴에 숨길을 내준
그날 다정했던 도시락

살면서 늘 감사 했습니다
선생님

2022년 2월 12일

＊조익래 선생님! 삶의 자세를 바꾸게 해준 그날의 도시락 덕에 좋은 어른이 되려
  노력하며 지내고 있어요.

엄마의 꿈

언젠가 물어봤었다
엄만 내 나이 때
뭐 하고 싶었느냐고

한복 짓는 일을 하고 싶었다고 그랬다
그땐 월급 없이 기술 가르쳐주면
감사히 배워 나오던 시절이라
먹고살기 바빠서
다른 곳으로 취업을 했다고 한다

얼마 전 함께 식사하며
지금이라도 해 보는 거 어떠냐고 했을 때
마음이 남아있어도
이젠 용기도 없고 눈도 침침하다고
말하는 엄마를 보고 있으니

초등학교 운동회 때
마스게임에 쓸 사방주름치마를
손수 지으며 즐거워했던
어느 날의 엄마 모습이 떠올랐다   2021년 12월 15일

오늘은 몇 시쯤?

전면 창 앞으로
까만 세단 한 대가
미끄러져 들어온다

문이 열리고
새하얀 코트를 걸친
천사 같은 분이 내린다

차 문이 열리던 순간부터
시선을 밖으로 둔 채
분주해졌다

천사가
밀어 제낀 옆집 문 때문에
덩달아 우리 집 문까지 흔들린다

아! 오늘은
언제쯤 오시려나

첫손님   2022년 1월 27일

늘 그랬듯이

나는 그림도 잘 그리고 싶었고
"좋다" "싫다" 분명하게 말하고 싶었고
처음 보는 사람과도 금세 친해지는
그런 사람이고 싶었다.

여태 그걸 제대로 해보지 못했다.
그래서 해 보기로 마음먹었다.
늘 생각만 해 오던 것들을
하고 싶었던 것들을

달팽이가 지나간 흔적처럼
깔끔치 못할 때도 많지만
나만의 템포로 천천히 길을 내어가는 내가
점점 좋아진다.

앞으로도
내가 살아내고 싶은 나로
즐겁게 지내고 싶다.

"늘 그래 왔듯이"   2022년 1월 14일

여채원

- 일기시집내기 기획자
- 금동문학회 사무국장
- 김해수필 사무국장

8학년 5반 소녀

꽃 봤나
전화기 너머 들려오는 엄마 목소리
무슨 말인지 알아듣지 못했다
질가* 핀 꽃 봤나 천지다 천지
욕쟁이 할매의 소녀 같은 모습에
환하게 웃다가는.
이유 모를 두려움과 미안함
구순이 되어 가는 노모
며칠째 찾지도 않은 막내딸에게
꽃을 보라 하시는 건
막내딸이 보고 싶다는 말이다.

2022년 4월 14일

*질가 : 길가를 뜻하는 경상도 사투리

순환

운전 중 발가락에 난 쥐
갓길에 차를 세우고
한참을 주무르고 나서야
뻣뻣해진 발가락이 조금씩 움직인다

늦게 귀가한 날
눈길 한번 주지 않는 가족
서러움에 소리를 질렀다

혈액 순환이 안 돼서
감정 순환이 안 돼서
그런 거다
하루를 온전히 토닥이니
마음이 편해졌다.

2022년 2월 11일

사이

잘 산다는 건
부자로 산다는 것이 아니라
사람과의 사이가 좋다는 것

나의 뾰족함이
상대를 다치게 할까봐
적당한 사이가 필요하다

2022년 3월 20일

갈이 1

애벌레의 허물 갈이
식물의 흙 갈이
어린아이의 이 갈이
길고양이 털갈이
살아 있는 것은 갈이를 한다

갈이는 변화이며 진화이다

스무 살 된 딸이
새로운 성장을 위해
인생 갈이를 준비한다

2022년 1월 5일

갈이 2

피부관리 원장이던 후배가 꽃집을 열었다
마사지를 하던 손이 꽃을 만진다
겉갈이만 하는 것에 환멸을 느껴
내면갈이를 하는 꽃집을 열었을지도.

2022년 1월 10일

볼 빨간 소녀

겨울 방학
뜨끈뜨끈한 아랫목

책 한 권과 찐쌀 함지박만 있으면
세상 부러울 게 없었던
볼 빨간 사춘기 소녀
흘러온 세월 속에
쌓인 추억들을 보며 미소짓는
볼 뻘건 갱년기 소녀

2022년 1월 30일

바가지머리 남매

긴 겨울밤
잘 마른 짚 이어가며
엄마는 새끼를 꼬신다
반질반질 참하게도

고무줄놀이
앞 집 세희는
예쁘게 땋은 양 갈래 머리 끝 곱게 잡고
깡충깡충
나도 긴머리 잡고
폴짝폴짝 뛰고 싶은데

엄마는
언니, 나, 남동생
바가지 엎어 짧게 잘라 놓고선
새끼는 참 잘 땋으신다.

2022년 2월 7일

전화

곱게 물든 낙엽은
봄꽃 보다 예쁘고
깊게 물든 사람은
청춘보다 아름답다며
나의 열정을 응원해주시는
김기환 시각장애인 작가
희망 전화

2022년 3월 5일

꽃 공양

고향 길
모진 겨울을 이겨낸
생명 깊은 작은 꽃
살포시 들어
오빠가 잠들어 있는
운수사 법당 꽃살문 장식으로 올린다

2022년 3월 11일

할매 당산

논밭 오곡백과 영글고
산에 맑은 물줄기 흘러와
인심 좋고 살기 좋은 삼안동
500여 년 한자리에 선 할매 당산
세월의 흔적 고스란히 밴
두꺼운 거목 껍질 찬찬히 들여다 보면
웃각단 진주할마이 시댁살이
물만골 소 풀 먹이던 소년
한일합섬 주경야독 여공의 눈물
삼안동의 역사, 숨결, 애환, 추억

은빛바다 이루던 비닐하우스
하나 둘 공장 터로 내어 주다
500살 노거수 뿌리 뽑힐 위기
생명의 뿌리 그 자리에 그대로
도시와 조화롭게 살아가길

2022년 3월 23일

멈추게 하는 것

빨간색 신호등

풀린 신발끈

예쁜하늘

길냥이

벚꽃

시

2022년 3월 30일

이사영

베스트하우스에서의 만남, 설레이고 소녀가 된 듯 좋았습니다. 시인이기를 손사래 치며 지내던 사영이를 글 속으로 이끌어 준 일기 쓰기. 환갑이 넘은 나이에 소중한 인연입니다.
감사합니다. 시인으로서의 길… 걷겠습니다.

동행＊

인생은 늘 외 줄 위 혼자와의 힘겨룸!

• 전 김해 공방 경영
• 서정완 기타교실 학생
• 더불어 합창단 단원
• 금동문학회 회원

구지봉 연가

황금보따리 내려앉은 봉우리
낮 새도 지저귀며 노래를 한다

수로왕 담은 여섯알 깨고
가야를 탄생시킨 산모, 구지봉

기세가 가득하여
허황후를 만나더니

오백년 가야문화
찬란히도 꽃 피웠네

2022년 2월 8일

구지봉

버거운 세상살이 하다가
철쭉꽃잎 떨어진 동산에 앉는다

여인네 둘이서
잘했어 잘했어 서로 바라보며
푸념이 길다

거북이 목 쑤욱 내어 놓은 듯
노랫가락 장단을 맞추면

장군보다 센 힘이
절로 생기는 구지봉 언덕

2022년 2월 8일

연지공원

슬픔도,
아픔도 녹아 내어 눈물 가득하고
기쁨은 꽃이 되어 피어나는 곳

분수대 물보라가
무지개색 만들 때
내 마음은 연이 되어 하늘에 둥실

아이 좋아라
엄마 품 속 같은 이 곳

쓰라린 속마음 다 내려놓으면
빈 마음 가득 에너지로 채우는 공원

2022년 1월 29일

오일장

손수레, 트럭에 가득 싣고
식구들 밥그릇 장만하러
새벽을 가르며 난전을 펼친다

주름하나 하나가 몇 년의 세월일까
깊이 패인 줄이 굽이마다 사연이다

알뜰한 아지매 흥정에
살짝 지는 척 들어주며 웃고

수줍은 새댁이 더 달라는 애교에
덕담을 해 주며 옛 시절 그려 본다

앞치마 돈주머니 배가 부르면
고단함도 다 잊고
다른 장으로 갈 채비가 분주하다
늘, 다람쥐 쳇바퀴 오일장

2022년 1월 26일

여명과 빛내림

이리 뛰고 저리 뛰고
박스 같은 집 40평이네 60평이네
자랑들이다

내 한 몸 뉘일 방
영혼 달랠 따뜻한 방이면 흡족할 터
더 무엇을 바랄까

이순에 들어서 얻은 새 터전
덤이라 여기면 후덕할 마음인 걸
베갯닢 눈물 적시던 때를 돌아보아라

이만큼 풍족하고 넉넉하면
잘 살았을 인생 아닌가
천국이 내 것 인양 기쁜 것을

하늘에게 고마워하자
태양빛이 있어 곡식도 자라거늘
부는 바람에도 감사하자

2022년 1월 25일

김해가 좋아요

금바다에 둥실 뜬 한 척의 배
나침반이 게을러 길을 헤매이고
애닲은 선장은 낮잠이 곤하다

거북아 거북아 구지봉은
심지 굳은 날 붙잡아
가던 길 곧장 가라 힘 몰아주고

황금들녘 고개 숙인 누런 나락 (벼)이
바람결에 스치며 속삭이는 말
이제는 편히 쉬라, 덕담을 해 주네

2022년 1월 25일

난 괜찮아

지금 난 괜찮아
토닥토닥
가여워서

지금 난 괜찮아
쓰담쓰담
대견해서

지금 난 괜찮아
소복소복
행복해서

지금 난 괜찮아
보글보글
된장찌개 맛있어서.

2022년 1월 14일

호계로 인연 1

안고 품고 살기엔
설운 마음 버거워
날이 선 내 성정

무던히 노력해도
본 바탕은 어쩌랴
부드러움으로 바꿀거야

겉모습은 멀쩡해도
속안은 늘 전쟁터
소리만 없을 뿐!

고개 떨군 날 호계로로 이끈 분 고마워
절반이라도 닮아야지
시란 끈 꼭 붙잡고
남은 생은 느리게, 천천히

2022년 1월 11일

호계로 인연 2

언젠가 대추가 주렁이는 호계로에서
막걸리 한 잔이 엮어준 인연

햇살 화사한 날 한통의 전화로
난 예쁜 꽃밭에 와 앉았다

밝고 꽉 찬 공간에 예쁜 미소들
모두가 꽃송이 송이들이다

속내를 끄집어내는 시 공부방
환갑이 넘은 나이에 두근반 세근반

설레임은 바알간 뺨을 만들고
마음에는 지내온 설운 사연이 가득하다

2022년 1월 11일

사랑이 이런 건가요 1

보드라운 스카프 하나
벚꽃 허드러진 S자 국도길
폭염속 연꽃테마파크* 소풍

빗소리 들으며 삼겹살에 소주한잔
얘기 중에 투닥거림,
하얀 파도 부서지는 해안가 드라이브

답답한 속 털어놓으며 먹는 치맥
기분 좋은 날이면 한우꼬기 굽고
시원하고 칼칼한 국수도 한 그릇 비우고

전화 너머 목소리
속삭이는 건 간지러워
퉁명스레이 던져 본다

이런게 사랑이냐고

2022년 1월 11일

*아득히 그리운 곳 함양 연꽃테마파크

사랑이 이런 건가요 2

펴면 날아갈까
쥐면 숨 막힐까?

노랑 병아리다

보송한 솜털
할딱이는 숨,

안고 쓰다듬고만 있다

2022년 1월 6일

늘 그랬듯이

돈만 알고 요망*지게 살아도
세월은 가고 조금은 사람짓 하며
살아도 손해 볼 것 없는 곳간

꽉 쥐고 있다가 죽은 들
내 아들이 감사하다고 할 것인가

쓸 곳 있는 곳에 쓰고
나눔을 할라 치면
누구라도 내 벗이 될 것 아닌가

늘 한움쿰 쥐기만 한 손
이즈막에 가만히 손바닥 펴세나
이 한세상 공수래공수거 아닌가

2022년 1월 5일

*요망 : 알뜰하고 야무지다는 제주 방언

장독대

반들반들한 장독대를 보노라면
항상 정갈한 엄마를 보는 듯 하고
왠지 가득찬 느낌이 들어 좋아요

옥양목 하얀 천을 덮고
까만 고무줄 튕겨 햇볕을 쪼이고 했던

된장 맛

간장 맛은

엄마의 맛이었지요.

그런
친정엄마가 몹시도 보고픈 밤입니다.

밥은 잘 드셨을까?
지금은 누군가의 손길에 의지하고 있는 엄마

2021년 12월 25일

투정

고단한 삶이 버거워
투정 받아줄 이가
있다면

투명한
나의 진실을
다 말 할 텐데

아무 말 못하고
세월의 흔적만 남긴 채

나는
오늘도
치유의 길로
접어들어 가고 있다

2017년 7월 20일

*엄마가 치매 진단을 받은 날

금관가야인

신선들이 놀다가는 초선대 아래
신어천이 흘러 걷는 사람 분주하고
1만보 건강걷기로 늘 마주 한다
창작의 노력으로 문화가 넘실대고
장군차의 계승을 위해
왕릉공원에서 달빛 찻자리도 열린다
국립김해박물관의 수많은 유물들
난 문화자원봉사자로 일하며
슬그머니 어깨에 힘이 들어간다
경전철 바깥풍경이 정겹고
연지공원 튜울립도 생기 돌아 넘 좋다
어느새 금관가야인이 되어가고 있다

2022년 1월 25일

이재영

시를 적는 걸 좋아했던 저는 시집 출판이라는 것이 막연하고 부끄러운 수준의 글이라 아직도 민망하지만, 그럼에도 설레는 마음 감출 길이 없습니다. 가슴에 품은 시를 끌어내서 호계로에서 세상으로 나오게 해주신 금동건 시인님과 불철주야 노력해주신 여채원 작가님, 그리고 늘 웃음으로 맞이해주신 동료들께 감사의 말씀을 드리고 행복했습니다.

• 산만한 N잡러(회사원 + 사진작가 + 온라인쇼핑몰 운영 등)
• 금동문학회 회원

산책

두 다리가 불러주는
위로의 노래

2021년 11월 25일

노을

보낼 것을 절망하지 말고
다가올 것을 희망하라

2021년 12월 5일

위양지

가득히 미뤄둔 고민을
한 켠에 슬그머니 밀어두니
한치 앞을 못가고
다시 돌아 온다

주머니에 스윽 넣어서
둘레길 한 바퀴 걷고 오니
내 주머니에 남은 게 없더라

바람 한 가닥
햇살 한 움큼
내 어깨 위에 올려두었더라

다 놓고 이거나 가져가라 하더라

2022년 2월 14일

아주 오래된 연못

새것은 없었고
헌 것만 있었다

생기는 없었고
노気기만 남았다

껍데기는 잃어도
근본은 잃지 않았다

아주 오래됐지만 아주 단단한 그곳,

2022년 2월 14일

난 괜찮아

무던히도 지치고 힘든 날
방 한구석에 몸도 마음도 털썩 놓아버렸다
별안간 반짝이는 휴대폰 너머로 뜨는 이름
우리 엄마, 귀신 같이도 엄마는 알아챘다
"아들 추운데 따시게 입고 다니냐"
나는 대답한다
"엄마 나는 괜찮다! 밥도 잘 먹고 잘 다닌다!"
전화를 끊고 나도 모르게 눈물이 흐른다
엄마에게 거짓말하는 것 같아서 나는 괜찮다고 되뇌인다
나는 괜찮다, 나는 괜찮다

사실 나는 안 괜찮다
괜찮은 사람이 되려고 발버둥 칠수록 나는 안 괜찮아진다
치열하고 냉정한 세상 속에 생존을 위해
발버둥 칠수록 나는 안 괜찮아진다

그래도 나는 주먹에 힘을 살짝 주어본다
괜찮아져라 괜찮아져라
내가 나에게 거짓말 해본다
난 괜찮아   2022년 1월 19일

괜찮냐는 말 보다 밥이나 먹자

밥이나 한번 먹자
속이 든든해야 뭐든 하지

밥이나 한번 먹자
전장에 나가기 전에 배를 든든히 해야지

밥이나 한번 먹자
밥처럼 씹어서 넘겨 버리자

밥이나 한번 먹자
머리도 식히고 밥도 시키자

밥이나 한번 먹자
괜찮은 거 다 아니까 밥이나 먹자

2022년 1월 19일

오늘이란 날

어제가 나를 힘들고 지치게 했다면
오늘이라는 날 사랑하기로 해요
내일의 내가 더욱 빛날 거에요

과거라는 파도에 주저했다면
오늘이란 배의 노를 저어보아요
내일은 꿈에 한 발짝 다가갈 거에요

2022년 1월 16일

지금 이 순간

지금 이 순간을

글로 써두면 일기가
말로 해두면 유희가
발로 걸으면 흔적이
사진으로 담으면 기억이
마음으로 담으면 추억이
미련을 가지면 후회가

오늘은 오늘로 갈무리 하고
내일은 모든 걸 새로이

2022년 1월 14일

호계로 인연

일상으로 달려가는 길목
종이 위에 연필로 삶을 달리는 사람들

나이도 이름도 모르게 스쳐가는 사람들 속에
소박한 단어와 포근한 이야기를 나누는 우리들

혼란과 냉기가 가득한 세상 속에
자그마한 테이블 위로 나누는 정과 온기

호계로 한켠에 그런 세상이 있다.

2022년 1월 12일

그대가 있다

사랑에 빠지게 되니

하루를 수없이 쪼개도
모든 시간에 그대가 있다

내 시선이 향하는
모든 공간에 그대가 있다

보고 듣고 느끼는
모든 감각에 그대가 있다

사랑이 이런 건가
모든 것이 그대에게 향한다.

2022년 1월 12일

궁금해요

사랑이 무언가요?
인터넷을 검색해봐도 알 수 없고,
선생님께 여쭈어봐도 알 수 없어요.

온 세상이 핑크빛으로 물드는 것도
죽을 것 같이 마음이 찢어지는 것도
부모가 자식을 따스히 안아주는 것도
매일 부모님께 전화하는 것도
사랑인가요?

누구에게 물어야 답을 알 수 있을까요?
사랑이 무언가요?

2022년 1월 12일

그 계절

봄에 나리던 꽃들은 떨어져 버리고
여름의 파도 소리는 멀어져가고
가을의 단풍을 바스러지고
겨울의 소복한 눈은 녹아 없어졌다

우리가 좋아했던 계절이 이제 아름답지 않지만,
우리는 우리가 아니게 되었지만
어전히 계절은 다가온다.

2022년 1월 12일

잊어본다

너를 잊었다, 잊고 있다
늘 그랬듯이 아무렇지 않은 척 한다

여윈잠을 자고 새벽에 눈을 뜨면
평소처럼 어두운 핸드폰을 바라본다
늘 그랬듯이 네 문자 한 통이 와 있을 것 같다

조그만 창틈을 비집고 겨울바람이 들어온다
고요하던 내 마음에 추억이 비집고 들어온다
늘 그랬듯이 주머니에 네 손이 비집고 들어올 것만 같다

나는 너를 잊었다는 걸 잊는다
늘 그랬지만 이번만은 다 잊길 바래본다

2021년 1월 5일

종이에 베여

손끝이 따가워서 바라보니
종이에 베여
피가 살짝 맺혔다
그 순간 몰랐는데 상처를 보니 손끝이 아파왔다

벤치에 앉아있는 아버지를 보니
세월이 베어
허리가 살짝 굽으셨다
어릴 때는 몰랐는데 그 뒷모습을 보니
아버지의 시간은 더 빨리 간다

마음이 무너진 날 거울을 바라보니
사랑에 베여
눈물이 살짝 맺혔다
그 때는 몰랐는데 시간이 지나고 보니 마음이 아파왔다

시간이 지나야
보이는 것들이 있다.

2021년 12월 31일

거울

집을 나서며
거울을 들여다본다

매무새를 고치고
마음도 고쳐잡는다

집에 돌아와
거울을 들여다본다

흐트러진 그대로 놔둔다
몸도 마음도 그대로 놔둔다

아침에 거울에 있던 나는 없다
찌들고 구겨져버린 나만 있다

네모반듯한 거울은 그대로 인데
왜 구겨져 있는지 모르겠다

내일도 나는 거울을 들여다볼 것이다.

2022년 2월 23일

이현주

소박한 생활을 돌아보며 일상에서 글감을 찾아 시로 써보는
소중한 경험을 해보는 시간이었습니다.

- 김해색동어머니회 고문
- 금동문학회 회원
- 동화구연가
- 시낭송가

구지봉

하늘에서 내려온 황금상자
가야의 건국설화가 된다

높은 산봉우리
흙을 모으며 하늘 향해 부른 노래

금관가야 이끈 수로왕 깨우고
찬란한 철의 나라로 역사를 쓴다

복된 기운 가득한 구지봉에 서면
세상사 번뇌는 여기 다 내려놓아라

한 세상 여는 기운찬 노래 소리
들리는 듯하다

2022년 2월 9일

연지공원

분홍색 블라우스 걸쳤다 내려놓는다
빨간 치마 집었다 도로 걸어둔다
뾰족구두 위에 올라섰다 내려온다

꽃들이 산들거리고
호수 둘레로 걸어가는 길이 꽃길 지도가 되는
연지공원 나들이에
나는 꽃이 되지 않으련다

공원에 모인 향기로운 사람들이
어우러져 그려내는 그림 속으로
성큼 걸어가고 싶다

2022년 2월 7일

시장할머니

굽은 허리
골이 깊은 주름
투박하고 갈라진 손

고단한 할머니의 하루는 새벽이슬과 함께 시작된다

마냥 동정의 눈으로 바라보는 내게
무심히 던진 한마디

곧 해가 뜰끼다. 오늘도 참 감사한기라~

하루를 시작하는 다른 두 마음
허공에서 별빛처럼 마주치자
울컥 뜨거워지는 눈시울

열무 한 단 주이소
할머니가 주신 선물같은 하루를 담아보며
매일 맞이하는 감사한 날들이 오래기를 기도한다

2022년 1월 25일

김해에서 꽃 피우다

이십여 년 넘게 살아 제 2의 고향이 되었다

낯선 발자국 딛은 자리에 뿌리내리고
기웃기웃 거리며 둘러보는 어느새
가지는 쭉쭉 뻗고 있었다
새봄이 올 때 살며시 움 틔운 고개 내밀다가
활짝 꽃 피울 때를 맞이하기도 했다

인생의 한 나무를 심은 김해에서
그 꽃을 피우고
알맞은 열매 얻기 위해
오늘도 자맥질하며 팔딱팔딱 숨쉬는
이곳, 김해가 좋다

2022년 1월 24일

난 괜찮아

살아가다 보면 만나는
말들은 소리가 된다

실망스럽고 힘들 땐
모르게 터져 나오는 한숨소리
생각보다 일들이 잘 풀릴 땐
흥얼흥얼 신바람에 들뜬 소리

그 어떤 말보다 내 운명에 용기를 주는 말
"난 괜찮아"
오늘에 집중하며
마음의 허들을 넘어서게 하는 마법의 소리

2022년 1월 19일

나는 괜찮다

무언가 발목을 붙잡으면 어때?
난, 나야

지금껏 잘 달려왔어
지금도 충분히 훌륭해
지금의 당신도 멋져
지금까지 참 잘했어
지금처럼 하면 돼

지금부터 가슴이 뛰는 대로
원하는 걸 향해 주문을 걸어봐
난 괜찮아
나는 괜찮아

소리는 말이 되어 마음속에 쌓인다
나는… 괜찮다

2022년 1월 19일

오늘이란 날 1

어제는 휩쓸려 달아난 물결
내일은 휘몰아 달려올 파도

오늘이란 날은
잔잔하거나 혹은 거친 바람 속
열심히 걷고 있는
부유浮遊*의 발걸음

2022년 1월 19일

*부유 : 물 위나 공중에서 이리저리 떠다니다

오늘이란 날 3

늘 부족하고 아쉬운 것투성이라 했다

나보다 뛰어난 남은 부럽기만 해
내 안에 있는 것들은 부정하며
만족이란 그릇을 빚기보다 그 그릇을 더 키워만 갔다
알고 보면 세상 귀한 선물을 받고 있으면서
밀어냈던 바로 그것
오늘이란 날이다

누구에게나 공평한 하루를 감사히 받아들이자
그 소중함을 온전히 알게 되었다
이 하루도 건강함으로 팔딱거리고 있음에 감사하자
오늘이란 날이 내 삶을 들여다보게 한다

오늘을 사랑하자

2022년 1월 17일

호계로 인연

움켜쥔 손바닥 안에 숨은 글자 詩
손바닥 펼치고 마음 열자
오래된 인연처럼 성큼 다가오는 호계로 사람들
시詩로 서로를 품었다

2022년 1월 12일

보랏빛 인연

김해 살이 이십여 년
오가는 길 스치며 수없이 지나간 길
그 길 끝 보랏빛 인연이 나를 끌 줄 몰랐다

오가며 자꾸만 보아지는 길
살아온 결이 다른 사람들이 모여
그 길에서 나누는 세상살이 시가 된다

시나브로 서로를 반짝, 빛나게 한다

2022년 1월 12일

늘 그랬듯이

엉킨 거미줄에 걸린 듯
세상살이 발목 잡히기도 하지만
순간, 반짝이는 아침 이슬 영롱도 하여
새 하루 시작할 힘을 얻는다

기쁨이 파도처럼
슬픔이 바람처럼
몰려오거나 휘몰아치지 않지만

살아볼 인생이란
출발선 위 유랑하듯 울리는 '탕' 소리에
흠칫 놀란 세상 속으로
다시 힘찬 발걸음 떼라 한다

늘 그랬듯이
늘 그러하듯이

2022년 1월 5일

126

다행인 날들

참 고맙게도 아프지 않은 날들을 보냈다
어릴 때부터 지금까지 병치레도 없었다
꽃다운 예쁜 시절,
사랑의 열병을 깊게 앓은 적도 없었다
가계가 기울어 휘청거린 적도 없었다

늘 같기만 한 그저 그런 날들
너무 평범한 날들은
내 가슴을 반짝 들뜨게 하지 않았다
아픈 만큼 깊어지는 인생의 참맛은 아직도 모른다

보통의 날들 속에 되새겨진 추억은
흐르는 시간 따라 비어가고 있다

비워낸 기억들에
소박한 색을 입히며
새로운 추억의 방을 만든다

오늘, 빛 좋은 하늘을 바라보는 것이
참 다행한 날들이다

2022년 1월 3일

엄마라는 말

한없이 따뜻하고 포근하다
더없이 다정하고 자애롭다
허나, 마음 한켠 천근의 무게로 차지하는 말

효를 행하는 다른 이들의 부모 사랑을
엄지척 세우며 부럽게만 쳐다보며
마음만큼 못하는 자신을 돌아보며
후회하다가, 자책하다가, 다짐하다가
그 자리만 맴맴 돌고 있다

사랑을 표현하기 쉽지 않아서
언제나 마음과 다른 뾰족한 소리 세상에 내놓는다

이 세상 많은 말 중 가장 무거운 말
철들어도 한참 들었을 내 어깨를 짓누르고 있는 말
돌아보면 표현하지 못한 사랑을 후회하게 될 그 말
바로, 엄마다

2021년 12월 27일

위양지 1

가보지 못해 더 가고 싶은 곳 이었다

칼바람이 따끔한 맛 보이는 인적 드문 그 연못에
찬 하늘 가로지르는 웃음소리로
물비늘이 반짝인다

바람 불어도 좋다
머리카락이 높이 널뛰는 치맛자락처럼 춤춰도 좋다
꽁꽁 언 손끝이 간질대도 좋다

가슴 가득 시심詩心에 찬 이들의 발자국
지나간 자리마다 언 땅이 깨어난다

화사로운 봄볕, 환한 꽃들의 계절이 곧 오리라

가본 곳, 또 가고 싶은 곳이 되었다

2022년 2월 14일

위양지 2

물결은 잔잔히 흘러가고
세월은 나뭇등걸*에 켜켜이 쌓인다

앉은 자리 위에 풀어낸 사연
오래된 나무는 쓰다듬고
흐르는 물결은 토닥이고
키 작은 꽃들은 미소로 위로해준다

하늘을 담고 있는 연못은
하늘을 닮고 있다

세월을 담고 있는 마음도
연못을 닮고 싶다

2022년 2월 14일

*나뭇등걸 : 나무를 베어 내고 남은 밑동

정덕자

시를 배우는 곳이 있다고 해서 도전하는 마음으로 시작하게
되었습니다.

시를 전혀 쓸 줄 몰랐는데, 일기시집 내기란 프로그램을 통해
점점 시 같은 시를 쓰고 있는 제 모습에 나 자신도 놀라기도 하
고 뿌듯하기도 합니다. 시집까지 내게 되고 금동문학회로 계
속 글을 쓸 수 있는 지속성이 참 좋은 것 같고요. 일기처럼 시
를 쓰게 해주신 금동건시인님께 감사드립니다.

• 금동문학회 회원

가족 소풍

화창한 토요일 오후
을숙도로 가족 소풍 간다
넓은 황금벌판 무대 삼아
상어노래 폴짝폴짝 귀여운 막둥이
가족들은 팬이 되어
열렬히 손뼉 친다

가족 소풍은
세 살 아기의 재롱 보며
웃음으로 빛나게 해주는
보석 같은 시간
씨줄 날줄
가족을 튼튼히 엮어 주는 사랑의 실이다

2022년 2월 12일

위양지 1

길게 늘어뜨린 왕버드나무가지 커튼을 열면
신비로운 거울 속 한 폭의 풍경화가 담겨있다
비밀의 통로일지도 모를 작은 돌다리
물 안으로 깊게 뿌리 내린 고목
잔물결 위에서 놀고 있는 겨울 햇살과 눈인사를 나눈다

완재정宛在亭 툇마루에 앉아
매서운 겨울바람에 언 손과
세상살이 지친 마음을 녹여 낸다

2022년 2월 14일

위양지 2

밀양,
겨울눈 만나기는 어렵지만

깊은 봄눈 맞을 수 있는 곳
하이얀 이팝나무 눈꽃 송이 흩날리는

5월의 위양지를 기약하며
버드나무 커튼을 살며시 닫는다.

2022년 2월 14일

구지봉 1

햇살 가득한 오후
나지막한 구지봉 오른다.

겨울에도 맨발로 구릉을 돌고 있는 사람들
나도 신발 벗고 거북이 등 위 따라 걷는다
김수로왕 탄생 설화의 신비한 기운이
내 살에 와닿아
왕의 기氣로 채워지는 듯하다
나도 모르게
구지가를 흥얼거려본다

2022년 2월 9일

구지봉 2

금바다 호령했을
어느 우두머리의 기백이
잠들어 있는
고인돌 옆 전망대에 서서
금빛 바다,
황금 평야였던 김해를 바라보며
눈부신 발전에 가슴이 벅차오른다

치자꽃 흐드러지게 피는 6월
그 단내 나는 향기에 취하고 싶어
구지봉을 다시 찾으리라

2022년 2월 9일

연지공원

도심 속 호수
연지공원 만나러 가면
예쁜 튜울립 눈인사해 주고
조각 작품들이 손 흔들어 맞아 줍니다.

음악분수에 맞추어
무도회장 공주마냥 춤추다
부끄러워 호수에 얼굴을 묻습니다.

호수에 비친 내 얼굴 바라보다
어리연꽃과 눈 마주쳐
나도 모르게 살짝 웃어줍니다

2022년 2월 7일

새벽시장 1

새벽을 여는 사람들의 손길이 분주하다
밤늦도록 다듬은 채소와 과일들
손님 맞을 준비를 하고 나서야
잠시 드럼통에 피운 불 앞에서
굽은 등을 편다

부지런한 사람들이 깨어 있는 새벽시장
남들보다 빨리
행복한 하루를 만난다.

2022년 1월 26일

새벽시장 2

새벽시장 입구를 들어서면
맛있는 옥수수 냄새가
나를 기다리고 있다

모락모락 피어나는 김 사이로
노랑 보라 흰색의 탐스러운 자태
차마 그냥 지나칠 수 없다

커피 믹스 한잔으로 몸을
녹이는 주인장의 미소와
달콤한 옥수수 맛에 행복해하는 내 미소가
새벽시장 한 모퉁이를
밝히고 있다

2022년 1월 26일

난 괜찮아 1

몸은 거짓말을 안 한다
곳곳에서 아픈 신호를 보낸다

수없이 받은 상처
쌓인 스트레스로
얼마나 힘들었을까

지친 나를 바라보며 말해본다
아파도 괜찮아
힘들어도 난 괜찮아
모든 게 잘 될 거야

2022년 1월 19일

난 괜찮아 2

나는 가슴으로 낳은 두 아이가 있다
많은 상처를 안고 삶을 살아가는
나에게
아기 웃음은 치유의 선물이 되기도 한다

주변 사람들은 나에게
힘들겠다
고생한다고 말들 하지만
나는 당연하게 생각하고
희생과 수고도 감사함으로 받아들인다

이렇게 사는 삶이 얼마나 아름다운가
나를 위로하는 말 괜찮아

난 괜찮아

2022년 1월 19일

오늘이란 날

이른 아침 전해진 선물상자
부모를 생각하는 딸과 사위의
예쁜 마음이 도착했다

딸의 그리움이 물든 치자 빛
떡 한입 베어본다

한 글자 한 글자
정성껏 편지를 적었을 딸의 마음을 읽어보자니
고맙고 안쓰러운 마음에
감동의 눈물이 흘러내린다

오늘이란 날
내 인생에 또 하나의
선물이다

2022년 1월 15일

호계로 인연 1

누군가의 만남을 위해 시원하게 달리는 고속도로 아래로

아담한 보라색 컨테이너가 보인다
'금동건베스트하우스'
함께 시를 짓는 벗들을 만나기 위해
발걸음이 빨라진다

베스트하우스에 들어서면
책으로 만났던 금동건 시인이
동화 속 요정 같은 온화한 미소로 맞아 주시고
함께 마음을 나누며 시를 쓰는
벗들의 기분 좋은 만남이 있다

2022년 1월 12일

호계로 인연 2

새로운 만남 통해 호계로의 인연을 맺는다
무엇보다 소중한 인연이다
인생의 삶 속에서
시를 쓸 수 있는 새로운 도전으로
나의 생각과 마음이 열린다

좋은 사람들과의 고귀한 인연을
인생의 한 장면으로 영원히 남기고 싶다

2022년 1월 12일

사랑이 이런 건가요

아들을 낳고 7년 동안 간절히 바랐던 딸
그 어떤 보석보다
귀하고 예쁘고 사랑스러웠다
작은 새싹을 피우기 위해 정성껏 물을 주듯
인생을 쏟아 거름이 되어 영양분을 내주었다
그 덕분으로 잘 자라준 딸
꽃같이 고운 서른쯤에
사랑하는 동반자와 함께
새 삶을 꾸린 딸
엄마를 두고 떠난 딸은 야속하지만
멀어진 거리만큼 딸에 대한 사랑이
더 애틋하고 깊어져
마음은 더 가까워졌다
사랑은 이런 것인가

2022년 1월 10일

늘 그랬듯이

오늘도 산길 걷는다
그 길은 묵묵히 서서 나를 반겨준다

맑은 숨으로 마음마저 토닥여 주는
엄마의 품속같이 따뜻한 분성산이다

화려하게 물들었다가 생명을 다한 낙엽
아름다운 절경도 이루었으니
이제는 겸허하게 자양분이 되라는 위로의 말 건넨다

등산길 끝에서 만난 작은 나무는
뼈만 남은 앙상한 가지에서도 산소를 열심히 내뿜는다
마치 내 건강을 염려하셨던
울 어머니처럼

나에게 건강을
선물해준 고마운 등산길
늘 그랬듯이
오늘도 이 길을 걷고 있다

2022년 1월 5일

일상에 시의 향기를 더하다

호계로 인연

2022년 5월 13일 펴냄

발행인 | 일기시집내기 시민작가, 금동문학회
편집인 | 금동건, 여채원, 이현주
펴낸이 | 박윤희
펴낸곳 | 도서출판 소요-You
디자인 및 편집 | 박윤희
등록 | 2013년 11월 12일(제2013-000009호)
주소 | 부산시 중구 대청로137번길 11
전화 | 070-7716-9249
팩스 | 0505-115-5618
전자우편 | pyh5619@naver.com

ⓒ 2022, 소요-You
ISBN 979-11-88886-19-7 03800

※이 책은 김해문화재단의 지원을 받아 제작되었습니다.